EVA STRITTMATTER

UNTERM WECHSELNDEN LICHT

Ausgewählte Gedichte

Mit Aquarellen von Marianne Gábor

AUFBAU-VERLAG BERLIN UND WEIMAR

Immer die gleiche Rose.
Immer das gleiche Gesicht.
Unterm wechselnden Monde.
Unterm wechselnden Licht.

Immer die gleiche Tollheit.
Immer der gleiche Traum.
Immer noch keine Weisheit.
Immer noch nicht: wie ein Baum.

Rotdorn I

Rotdorn meiner Kinderjahre.
Unterm roten Rotdorndach
Bin ich ein und aus gegangen.
Und der Rotdorn ging mir nach.
Roter Rotdorn meiner Kindheit.
Straßenbaum der kleinen Stadt,
Die ich liebte, die mich liebte,
Die mich aufgezogen hat.

ABBAZIA

Ginster

Frühlingswald. Lichtes Lärchengrün.
Sandweg. Bald wird der Ginster blühn.
Ginstergelb fängt der Juni an.
Brennt den Frühling aus,
Der grad begann.
Immer die Sehnsucht zu weit voraus.
Immer nur halb daheim und zu Haus.

Immer

Ich liebe immer.
Die Entzückungen der Seele,
Die in ein Auge sieht, das Antwort gibt,
Sie sind es, die ich schamlos stehle.
Und niemand weiß, wen ich geliebt,
Als nur der eine, den ich anseh
Für eine Stunde, einen Tag,
Und der mit eingeht in mein Fernweh,
Nach dem ich immer wieder frag.

Rätsel I

Ich sage, ich liebe dich,
Und ich sage, der Mond wärmt mich,
Und ich sage, der Regen steigt,
Und ich sage, wer spricht, der schweigt,
Und ich sage, was fragst du mich,
Und ich sage, ich liebe dich.

Lila die Luft. Ein leiser Abend.
Wolke in Grün: Wald im April.
Und aus der Wolke ruft die Amsel:
Wo ist er, den ich rufen will.

Frage

Was bleibt mir, wenn die Liebe mich verläßt?
Wenn mich die Lust verläßt zu lieben?
Noch hat mir jedes leise Wort
Die Liebe eingeschrieben.

Ich kann dich lieben oder hassen –
Ganz wie du willst. (Kann dich auch lassen.)
Und du kannst schweigen oder sprechen.
Ganz wie du willst. Daran zerbrechen
Werd ich nicht mehr. (Ich kann auch gehn.)
Ganz wie ich will, wird es geschehn.

Schuld

Ach, wieviel Schuld in meinem Leben.
Wer wägt gerecht die eigne Schuld?
Wie schnell hat man sich selbst vergeben.
Doch das Gedächtnis hat Geduld,
Wenn andre uns mit Gram geschlagen.
Wir wissen noch nach tausend Tagen
Gewicht und Preis der fremden Schuld.

Der Pirol flötet in der Frühe.
Die Höfe sind vom Flieder blau.
Und wenn ich mich hinausbemühe,
Fällt auch auf mich der Morgentau.

Am Abend arbeiten die Grillen.
Sägen den Tag um. (Das ist schwer.)
Was keiner kennt, wird sich erfüllen.
Leer
Ist der Himmel. Fledermäuse stürzen.
Steigen im Schatten. Steine schlafen ein.
Die wilden Düfte des Holunders würzen
Die Schummrung. Und die Nacht fällt ein.

Das grüne Augenlicht der Tiere.
Halbweiße Nacht in unserm Wald.
Die Dämmernis. Der Ginster. Farbenhalbschlaf.
Das Jahr ist jung. Das Jahr ist alt.

Johanniskraut

Johanniskraut. Johanniskraut.
Ich kenne einen. Der heißt John.
Wär er von hier und hieß Johann.
Käme ich nicht davon.

Blinder Tag

Flughafen. Herbst. Ein Regenmorgen.
Und eine fremde Liebe. Grau.
Ein blinder Tag. Und graue Tränen.
Zu jung der Mann. Zu alt die Frau.

Mein Freund, ich hätte Sie lieben sollen.
Leichter wäre der Sommer zu tragen.
Mondsee Seerose Rosenlicht.
So habe ich um niemand zu klagen.

Rätsel II

Meine Träume kennst du nicht.
Meinen Namen nennst du nicht.
Zwar du glaubst, daß du sie kennst.
Daß du meinen Namen nennst.
Doch ich träume mancherlei.
Und der Namen hab ich drei.

Abendwind

Ich wart auf dich im Abendwind,
Der weithin geht und fern beginnt,
Der von mir alles weiß und mehr.
Was ohne Worte ist und schwer,
Geweint hab ich es in den Wind,
Der weithin geht und fern beginnt.

Ich will Euch sehn, Ihr Lieben, und Euch kennen,
So sicher, wie die eigne Hand
Die fremde kennt am *Jähentbrennen*,
An jenem unsichtbaren Brand,
Der durch die Adern jagt als *Liebe*.
Im Dunkel kennt da unsre Hand
Die fremde Hand so sehr, als triebe
Ein Leben durch die Zellenwand.

Vielleicht erinnert sich wer meiner.
Einer, der geht durch Leningrad.
Oder ein andrer in Kaluga.
Und wer in einer deutschen Stadt.
In dieser Stunde scheint mir sicher:
Wir sind Gefäß für fremden Wein.
In mir sind alle, die mich trafen.
So möchte ich in allen sein.

Vor einem Herbst

Im Herbst soll einer auf mich warten.
Er soll so warten, daß ich kommen muß.
In einem gelben alten Garten.
Kurz vor dem Winter. Kurz vorm Schluß
Von allem. In der Weile,
Die zwischen Schnee und Regen bleibt.
Da suche ich die eine Zeile,
Die man vielleicht im Leben schreibt.

Das Leben rinnt an mir herab wie Wasser.
Die ich noch treffen wollte, sind schon tot.
Ich gehe mit der Zeit um wie ein Prasser.
Und morgen fehlt mir das Stück *Brot*.

Überfluß

Das Lächeln, das den andern meinte,
Nicht uns und unsre Eitelkeit,
Die Träne, die dem andern weinte,
Nicht unserer Vergänglichkeit,
Die Stunde, da wir andre hörten,
(Das kleine Wenig mehr als Muß)
Die Ruhe, die wir uns zerstörten,
Das war des Lebens *Überfluß*.

Gesang

Für Peter Schreier

Wenn einer singt,
Soll er nicht nur mit seiner *Seele* singen.
(Daß er mit Stimme singt, versteht sich von allein.)
All seine Körperzellen müssen klingen.
Verschleudern muß er sich. Es muß so sein,
Als hätte er für *dieses* Lied gelebt.
Für *diesen* Augenblick, in dem er singt.
Er muß *der* sein, der sich vom Boden hebt
Aus eigner Kraft. Was nie gelingt
In Wirklichkeit, muß ihm gelingen.
(Wie man das macht, verrät kein Kunstgebot.)
Wenn einer singt, so muß er singen:
Gegen die Schwerkraft und den Tod.

Lächeln

Mein Grundbedürfnis geht nach Liebe.
Ich wünschte sehr, daß man mich liebt
Und daß mein Lächeln leben bliebe,
Wenn es mich einmal nicht mehr gibt.

Das Höchste, was man hat, ist Bindung
Durch Liebe. Ich ertrage nicht
Die mir verweigerte Empfindung.
Ich öffne allen mein Gesicht

Mit einem Lächeln. Magisch scheinen
In mich die anderen hinein.
Und ich kann sie in mir vereinen,
Und sie vervielfachen mein Sein.

Traum I

Mir träumte, ich sollte noch einmal
Sein in der Sonne am See.
Und sicher wäre mir Liebe.
Sicher wie Regen und Schnee.
Noch einmal würde ich schmecken
Licht und Luft.
Und wüßte nichts vom Leben.
Doch alles von seinem Duft.

Melodie

Man müßte es erreichen,
Daß man den Schmerz verwandelt
In eine reine Melodie,
Die nicht mehr von uns handelt,

Daß nur wer liebt und uns nicht kennt,
Das unterdrückte *Wehe*!
In einem kleinen Nebenwort
Als *seinen* Schmerz verstehe.

Ich erscheine mir als Luftspiegelung.
Ungefähr. Schon vorbei. Nicht genau zu beschreiben.
Hier und da einer Liebe Erinnerung
Mag in dem und jenem von mir übrigbleiben.

Und das Lebensrätsel noch ungeklärt.
Und kein Ansatz zur Lösung. Ein *Nichts*, doch verschleiert,
Ist das, was liebt und was Liebe erfährt
Und was in uns Auferstehungen feiert.

Ich weiß nichts von mir. Ich bin mir zu flüchtig.
Eine Luftspiegelung. Ich ahne mich nur.
Und bin doch wer weiß wie nach Wirklichkeit süchtig.
Und suche im Flugsand nach meiner Spur.

Synthese I

Orangen in Schneeluft: Schöne Synthese.
Südlicher Duft, dem ich Bilder ablese:
Vom ersten Orangenbaum, den ich sah,
Von der großen Sonne, die mir geschah,
Von Orten im Süden, die ich kenne,
Von denen ich mein Leben nicht trenne.
Das ist in mir, und das wandert mit mir,
Und das tanzt vor mir im windigen Schnee.
Orangen in Frostluft: Sonnensynthese,
Mit der ich den lichtlosen Tag übersteh.

Zikadennächte. Man sollte sie
Auf *einem* Ton nachsingen.
Wie will man die Anti-Melodie
Der Zikaden in Worte zwingen?
Die Wärme der Steine. Der graue Geruch
Und das Flüstern der Gräser im Finstern.
Verkrüppelte Kiefern am Felsenabbruch.
Und hinter Wermut und Ginstern
Der südliche See, der *da* ist und schweigt,
Überschrillt von den Zikaden:
Ein irr gewordener Geiger geigt
Auf einem Silberfaden.

Das war alles.
Und ist vorüber.
Eine Narbe bleibt:
Wann? Und wo?
Begonnene Brücken aus Lächeln
Versteinern *so.*
Nicht wahr gewordene Worte.
Das Wenden der leeren Hand.
An einem anderen Orte.
In einem anderen Land.
Poesie der Aerodrome.
Check-out um zehn Uhr zehn.
Und das präzeitliche Verlangen:
Einander wiederzusehn.

Erotisch gestimmte Tage:
Juni. Die Nächte sind rot.
Liebe und keine Frage.
Herzpause. Und kein Tod.

Licht I

Manchmal trifft man einen, der ist wie ein Licht.
Und man trifft ihn nicht zweimal im Leben.
Und man weiß. Nur *einmal* dieses Gesicht.
Und man denkt: Das darf es nicht geben,
Daß man einen Menschen verlor,
Ehe man ihn gefunden,
Und kein *Danach* und kein *Davor* ...
Dieses Licht ist für immer entschwunden.
Geheimer Speicher Erinnerung,
Empfangs- und Sendezentrale:
In einer anderen Dämmerung
Verwandelt er die Signale,
Die auf uns gekommen von einem Gesicht,
Das wir nur einmal gesehen,
Zurück in Wärme und in Licht.
Und das hilft uns die Nacht überstehen.

Die Sensation zu leben.
Nachts. Und die Liebe *ist*.
Gefangen und ergeben:
Wir sind. Ich bin. Du bist.

Austausch. Aufschwung. Verwandlung.
Zwei Atemzüge Zeit.
Ein Nichts von einer Handlung.
Dann: eine Ewigkeit.

Liebe II

Liebe ist das, was man verliert
Und unversehens wiederfindet.
Wenn man schon ist wie licht-erblindet,
Weil man nur Fernes anvisiert,
Liegt es am Wege. Zwar in Scherben,
Doch noch zu kennen an dem Schein,
Den Blumen haben vor dem Sterben
Und an dem Neigenduft von Wein.
Ach Liebe – unausweichlich lieben
Gegen Verlust: Wir welken hin.
Einer des andern Schuld geblieben.
Einer des anderen Gewinn.

Wir kamen an einem Haus vorbei
In Ohrid am Ohridsee.
Ein Gartenhaus. Glyzinien warn da
Und Oleander. Ich geh
In meinem Traume ein
In dieses Haus mit dir.
Und warum sollt es nicht wirklich so sein?
Einen Tag lang wären wir
Beieinander da und löschten uns aus
Und stürzten aus der Zeit.
Aber bewohnt ist das blühende Haus.
Und Ohrid am See ist weit.

Die milde Gabe eines Grußes ging mir heute
Aus einem fernen Lande zu: Man denkt an mich!
Wie ich mich über die paar Worte freute,
Die seltsam traurig warn. Ich dachte, ich
Nur könnte nicht vergessen.
Was einmal war, lebt in mir fort.
Ich bin erinnerungsbesessen.
Niemals vergesse ich den Ort,
Die Stunde und das Licht.
Was einmal einer zu mir spricht,
Bewahre ich wie ein Vermächtnis.
Ich leb mit furchtbarem Gedächtnis
Und wie mit doppeltem Gesicht.

Und nun und nach so manchen Jahren,
Die bitter von Verlusten waren,
Schreibt einer mir mit solchen Worten:
»Rückkehrend zu den schönen Orten
Am Sonnensee, grüß ich Sie! Ich
Bin traurig; etwas fehlt …
Erinnern Sie sich noch an mich?«

Den See erinnre ich wie sehr.
Wie sehr die Sonnenuntergänge
Und die beklemmenden Gesänge:
Liebe ist leicht, das Leben schwer.

Also auch er,
Den ich einst kannte,
Vergaß nicht alles, was da war.
Auch noch in einen andern brannte
Sich die Erinnrung an das Jahr,
Das von den unvergeßnen bleibt ...

Geheimes les ich aus den paar
Gemeßnen Worten, die er schreibt.

Flug

Ein bestimmtes Eau de Cologne
Florena Juchten erinnert mich.
Ich hab es in Kasachstan benutzt.
Und immer erinnert es mich auch an dich.
Bezweifeltes Wunder: *das* hat es gegeben?
Diesen Flug nach Osten. Den Lichtsaum entlang.
Und es schien: mit diesem Flug ist das Leben
Für immer verändert. Nur noch Gesang
An die Sonne wird übrigbleiben.
(Man könnte ihr folgen. Fliegend. Westwärts.
Und fliegend könnte man Hymnen schreiben.
Sonne Orange Lichtapfel Herz.)
Man hat die Drehung der Erde gesehen und hat verstanden:
Die menschliche Nacht
Ist nur auf unserm Fixpunkt vorhanden
Und nur aus unsren Begriffen gemacht.
Bei diesem Flug ging die Nacht verloren.
Eine Nacht in *unserem* Leben fehlt.
Doch wie kann es sein, daß, *was nicht gewesen,*
Mehr als alles Gewesene zählt?
Der Juchtenduft reizt Gefühle in mir.
Der Geist aus der Flasche erinnert mich
An den Flug aus der Zeit, diesen Flug mit dir.
Zur Sonne, zur Sonne! Erinnerst du dich.

Ich habe von dir geträumt die Nacht.
Das war ein bitterer Traum.
Du sahst mich nicht und kanntest mich nicht.
Ich war für dich ein Baum,
Den man nicht sieht und nicht erkennt,
Und sprechen kann er nicht.
Und ich stand stumm und sprach zu dir:
Siehst du nicht mein Gesicht?
Dann ging ich fort. Da riefst du mich.
Und ich bin aufgewacht.
Und bitter dachte ich an dich.
Das hat der Traum gemacht.

Es gibt

Gesprungene Glocken gibt es.
Es gibt geborstene Bäume.
Geborstenes Leben gibt es.
Es gibt gesprungene Träume.

Es hat alles schon gegeben.
Es gibt alles immer wieder.
Es gibt gestorbenes Leben.
Es gibt auferstehende Lieder.

Bilder wurden in mir einst belichtet,
Die werden niemals nach außen dringen.
Sie sind mit dem Brom des Vergessens beschichtet.
Verworfen als Abfall. Nicht zu bezwingen
Mit Worten, die sagbar sind.
Nur zu verschweigen.
Jähe Bewegung: von fernher ein Wind
Wirbelt in den Erinnerungszweigen.
Die waren früh grün mit Gefühlen belaubt.
Und sind nun grau von Erfahrung verstaubt.
Eine Taube fliegt auf aus dem Baum, und sie spricht:
(Türkisch.) Ich rufe. Hörst du mich nicht.
Sie will mich erinnern. Doch ich weiß nicht, an wen.
Irgendwann irgendwo irgendwas ist geschehn.

Wind ist gut. Liebe ist gut.
Nacht ist gut. Wenn die Liebe gut ist.
Wissen möchte ich, ob man die Liebe,
Wenn sie einst aufhört, nicht mehr vermißt.

Oder ob sie uns immer bleibt,
Dunkelnd mit uns in dämmernden Jahren.
Ob uns noch *das* zueinandertreibt?
Werden wir leben und es erfahren.

Jünger fühlt es sich grüner an.
Nichts trifft uns gründlich. Alles ist leicht.
Erst wenn man weiß, daß sie enden kann,
Hat man den Anfang der Liebe erreicht.

So: sage ich. Nimm die Sonne.
Scheint sie nicht? Doch, sie scheint.
Bist du gesund? Dann lebe!
Wies dich auch plagt und peint,

Was alles unvollkommen,
Welt, wie verworren sie ist.
Hasse nicht. Leide nicht. Liebe.
Denk, daß du sterblich bist.

Juniabend

Kleine Flöte aus Grün: die Stimme der Amsel.
Am Juniabend tönt sie die Zeit.
Die still steht und zittert.
Das Grün ist durchbittert
Von Regen, bis hallend der Wildtäuber schreit
Und läßt die Zeit durch die Kehlwölbung rollen.
Die kleine Flöte verstummt verschreckt.
Doch der Täuber hat mit dem lebenstollen
Ruf das Gewissen der Sonne geweckt.
Das Grün wird entbittert, die Zeit wird bewegt.
Und die Flöte der Amsel wird blau ausgelegt.

Komm in mein Zimmer, wenn Mondlicht ist.
Es hat sieben Fenster mit Seidengardinen.
Die werden vom vollen Mondeslicht
Wie Rosenblätter durchschienen.

Das bin ich sicher: du hast noch nicht
In einer Rose gelegen.
Wir lassen uns vom Mondeslicht
Im Innern der Rose bewegen.

Falter

Es könnte ein Gedicht sein,
Das nur aus *Ach* besteht:
Ein Seufzer wie ein Falter,
Der taumelt und vergeht.

Wir haben zwei Rotdornbäume gepflanzt.
Ich kann sie von meinem Fenster aus sehn.
Als Kind hab ich unterm Rotdorn getanzt,
Und manches Liebe ist da geschehn.

Jetzt haben wir für uns Rotdorn gepflanzt.
Von meinem Fenster aus kann ich ihn sehn.
Ich werd es nicht sein, die unter ihm tanzt.
Und auch das Liebe wird andren geschehn.

Da war ich glücklich ohne Grund.
Auf einem Hügel, der grün war. Und
Weiter war nichts. Ein sonniger Tag
Beim alten Isbor im Pskower Land.
(Das war meiner Seele seit langem bekannt.)
Frauen kamen und melkten Kühe.
Ein Kirchlein. Ein Friedhof. Verfallen. Versöhnt.
Und weiter war nichts. Silberne Frühe.
An deren Rande Nachtschwärze dröhnt.
Geschichte gewichtlos: Licht auf der Haut.
Das Gesicht von wildem Flieder umblaut.
Liebe, was ist das. Tod? Was vergeht:
Grün, das im Frühwind den Hügel umweht.

HVAR
GM

Aj, schönes Wort! Wort, mein Geliebter,
Der mich nicht hört und nicht erhört,
Durch mich hindurchsieht, mich nicht achtet
Und mir mein Leben sanft zerstört
Mit einem Lächeln aus den Augen,
Das mich betrifft und mich nicht meint.
Noch scheine ich ihm nicht zu taugen.
Er geht vorbei, ich bin verneint.
Doch folge ich ihm nach als Schatten.
Und einmal wird er mich erkennen.
Und alle, die ihn vor mir hatten,
Wird er mit mir in mir verbrennen.
Das wird ein Leuchten! Licht auf Eis.
Keiner wird so das Wort entzünden.
So himmelskühl, so höllenheiß.
Jenseits von Zeit und frei von Gründen.

Glaube

In Ermangelung eines besseren Glaubens
Glaube ich an mich.
Ich sage mir: Daß du da bist, ist wichtig.
Und: Es geht nicht ohne dich.
Dabei hab ich in Skopje gesehn,
Wie nach dem großen Beben,
Als wärn all die Tode nicht geschehn,
Die Lebenden weiterleben.
Und jeder war wichtig, der da verging.
Und es ging vorher ohne keinen
Von ihnen ... Gesprengt ist der Ring.
Nur noch Schatten über den Steinen.
Aber wir haben keine Wahl,
Als an uns festzuhalten.
Bei uns beginnt die Milliardenzahl.
Und wir müssen sie gestalten.

Immer das Schuldgefühl gegen Orte,
An denen man nur vorüberging.
Immer das Schuldgefühl gegen Menschen,
Mit denen man nichts als ein Lächeln anfing.
Als wär nicht an jedem Orte die Welt.
Und als wäre nicht jeder Mensch ein Wunder.
Wir zeigen einander, wir Seelenerkunder,
Nur Züge von Masken. Wir sehen uns nicht.
Wir fürchten uns vor dem *eignen* Gesicht.
Wir wolln *anders* leben.
Wir wolln *anders* lieben.
Und werden vom gleichen Gesetz getrieben.
Und jede Verzückung und jede Qual
Gibt es auf Erden milliardenmal.

Glück II

Solange wir leben, streben wir
Nach dem Sättigungsgrad von Glück,
Bei dem wir verstummen.
Kehren die Worte zurück,
Sind wir schon aus der Woge heraus,
Die uns von uns befreit.
Spricht man das Glück mit Worten aus,
Ist es von uns schon weit
Entfernt. Wir suchen schon
Nach dem neuen Aufschwung ins Nichts.
Glück ist die Explosion von Zeit
An der Überfülle des Lichts.

Schöne Nacht und schöner Mond.
Stille nach dem Abendwind.
Der mit mir die Nacht bewohnt,
Ist mir angenehm gesinnt

Und verschafft mir schöne Träume,
Ganz in Rot und lichtdurchschossen,
Und eröffnet in mir Räume,
Die wärn ohne ihn verschlossen.

Nur er kann mich so erheben.
Nur durch ihn erwache ich
Und gewinne großes Leben.
Nur durch *ihn* erfahr ich mich.

Die guten Dinge des Lebens
Sind alle kostenlos:
Die Luft, das Wasser, die Liebe.
Wie machen wir das bloß,
Das Leben für teuer zu halten,
Wenn die Hauptsachen kostenlos sind?
Das kommt vom zu frühen Erkalten.
Wir genossen nur damals als Kind
Die Luft nach ihrem Werte
Und Wasser als Lebensgewinn,
Und Liebe, die unbegehrte,
Nahmen wir herzleicht hin.
Nur selten noch atmen wir richtig
Und atmen Zeit mit ein,
Wir leben eilig und wichtig
Und trinken statt Wasser Wein.
Und aus der Liebe machen
Wir eine Pflicht und Last.

Und das Leben kommt dem zu teuer,
Der es zu billig auffaßt.

Hundskamille und Skabiosen,
Schafgarbe, Blutweiderich
Und die Welt der kleinen Falter,
Fischreiher, Wildentenstrich:
Das fügt sich zu nichts zusammen,
Was sich bilanzieren läßt.
Wollte man es auch berechnen,
Immer bliebe noch ein Rest
Von Geheimnis und von Dunkel:
Was geht uns das alles an?
Doch wir leben *auch* von Dingen,
Die man *nicht* berechnen kann.

Lied I

Die letzte Sonne des Jahres.
Der letzte Schmetterling.
Violett blüht die letzte Distel,
Da wo ich gehe und ging
Im Vorjahr und all die Jahre
Vor diesem letzten Jahr.
Wieder die Abschiedsvorstellung.
Was ist, was wird und war,
Verschwimmt in eines. Verändert
Bin vielleicht nur ich.
Und eines Herbstes septembert
Es ohne mich.
Die letzte Sonne des Jahres.
Der letzte Schmetterling.
Violett blüht die letzte Distel,
Da wo ich gehe und ging.

Ich mache ein Gedicht,
Das aus Schweigen besteht.
Löscht meine Worte aus
Und seht: Der Nebel geht
Über die Wiesen. Und droben
Der große Oktobermond.
Die Nacht ist von schreienden Hirschen
Und ihren Jägern bewohnt.
Die Nacht ist völlig windlos.
Keine Bewegung im All.
Bis auf die Birke mit ihrem
Lautlosen Blätterfall.

Sobald man sich vom Haus entfernt,
Bemerkt man: Die Erde ist rund.
Und sie ist kosmisch eingesternt
In einen Weltenbund.
Die Schwerkräfte verlagern sich
Aus uns hinaus ins All.
Sagen wir tapfer weiter: *ich*.
Wir hörn den Widerhall.
Die Wirkung, die der Raum uns schafft,
Hört nicht an Grenzen auf.
Kosmisch wird unsre kleine Kraft
Und endlos unser Lauf.

Generalnenner des Lebens
Ist und bleibt für immer: der Tod.
Unser Übermut ist vergebens:
Wir kommen nicht los vom *Brot,*
Das wir uns teilen müssen,
Brechen von Hand zu Hand.
Erst wenn wir das sicher wissen,
Haben wir uns *erkannt.*

Es ist ja nur der Wind, der geht,
Der Wasserwind vom Februar,
Der nach dem Schnee dem Regen weht.
Der Winter, der kaum Winter war,
Zersetzt sich langsam. Unterm Grau
Der Wiesen ist schon Grün zu sehn.
Und manchmal riecht es wie nach Tau
Und so, als soll bald was geschehn.
Und wieder weiß man nicht, was wird?
Man weiß nur: es wird *anders* sein.
Wer meint: *das* wiederholt sich, irrt:
Nur einmal *so* fällt Frühling ein.

78 3344 – ENYV 1

Ich falle nicht aus Gottes Hand.
Ich halte mich. Ich bleibe fest.
Wann immer mich das Leben fand.
Und würgte mich. Ein Rest
In mir blieb ungerührt.
Verführt
Vom Leben, lebe ich.
Und wirfts mich:
Ich erhebe mich.

Grüner Tag

Ich war bei der Nachtigall.
Der braunen mit dem blauen Schall.
Die wußte schon, was ich klagen wollt, all.
Und schlug es schmetternd in den Wind:
Tod oder Leben. Greis oder Kind.
Alles ist eins ist eins ist eins.
Was du besitzt, ist nicht wirklich deins.
Was einer singt, nur das ist seins.
Hin über die Kehle. Herauf aus der Brust.
Von Gipfel zu Gipfel. Von Lust zu Lust.
So sang die braune Nachtigall
Den grünen Tag mit blauem Schall.

Über die Gräser geht Blütenstaub.
Dunst geht über die Wiese im Licht.
Schottische Rosen stehn rot im Laub.
Aber die Rosen blühen noch nicht.

Noch ein paar Tage, noch eine Stunde,
Dann wird die erste Blüte aufgehn
Wie eine lange verheimlichte Wunde
Und sich dem heilenden Licht zudrehn.

Bläue

Diese Septembertage: wie Bögen
Von Morgen zu Abend gespannt.
Früh Nebel. Kälte. Drei Stunden später
Steht eine kasachische Sonne über dem Land,
Das grün ist nach diesem verregneten Sommer.
An den Birken noch nicht ein gilbendes Blatt.
Die Weiseren wußten es: so wie immer
Findet auch dies Jahr der Ausgleich statt.
Wie gewaschen der Himmel. Von wirklichster Bläue.
Nur überm Walde von leisesten Wolken besetzt.
Noch jagen die Schwalben. Noch tragen die Bienen.
Und wollen wir leben – wann wenn nicht jetzt,
Wo die heimlichen Grillen noch lichtselig sind,
Wo der Rabenschrei nichts als Taglust bedeutet
Und die Wärme so stark ist, daß sich die Libelle
Noch mit Hoffnung der Nacht ihres Panzers enthäutet.
Triumphale Tage von Morgen zu Abend.
Blaue Bögen von Nebel zu Nebel gespannt.
Hohen Mittags träuft von der Wölbung die Bläue
Und erblüht als Viole im glücklichen Sand.

Seele seltsames Gewächs.
Gegenblüte zum welkenden Leib.
Die ich zerfallenden Zellen enttreib.
Duftender als die persischste Rose.
Die keiner ersieht. Die keinen umfächelt.
In sich wie eine Lilie lächelt.
Tiefviolett und tauüberfunkelt.
Eh sie im Abdruck der Worte nachdunkelt.

Die Meisen klingeln im Birkengeflimmer.
In den Weiden auch. Über Schnee und Schimmer
Scheinet auf Sonne das schöne Gestirn
Und löset die Klöpplein in Vögeleins Hirn.
Das klingelt und pingelt und rieselt vom Zweig:
Merket ihrs, merket ihrs, grün wird der Steig!

Wie Duft erotisch wie Wohlgeruch
Die Stimme der Amsel wie Zauberspruch.
Ganz sinnlich wird mir lustig zu lieben.
So haben wir wieder den Winter vertrieben!
Nun soll mir kein arges Wort mehr entkommen!
Die Amsel hat mich zusammengenommen.
Heiteres Licht läßt die Wässerlein beben.
Ich pfeife mir eins. Spitzfindiges Leben!

Grünes Stück

Ja doch, es lebt sich! Nichts als Schimären,
Grillen gezeugt in Dunkelheit
Zirpten aus mir in finsterer Zeit.
Jetzt soll die Kehle sich wieder klären.
Ich singe ein Lied von Sonne und Glück.
Summe dem Frühling sein grünestes Stück.
Kontrapunktiert vom Gesumm einer Biene.
Dazu macht Leben zärtliche Miene.

Man muß sein Brot mit gar nichts essen.
Mit nichts als Licht und Luft bestreut.
Gefühle, die man ganz vergessen,
Geschmack und Duft der Kinderzeit,
Sie sind im trocknen Brot beschlossen,
Wenn man es unterm Himmel ißt.
Doch wird die Weisheit nur genossen,
Wenn man den Hunger nicht vergißt.

Ausgleich

In den Maifrösten waren die Eichen erfroren.
Im Juni treiben sie Blätter nach.
Zärtliches Grün trübt mir die Augen.
Wie wenn mir einer zärtlich sprach.

Einmal im Leben habe ich
Ein vollkommnes Gehäuse bewohnt.
Im *Biser-Hotel* am Ohridsee.
In den Farben des Märchens: Schnee,
Ebenholz und Blut.
Weiß waren die Wände, das Holzwerk war schwarz,
Die wollene Decke war rot.
Schwarz war der hölzerne Gitterbalkon
Und von Geranien rot.
Der Raum war auf meine Seele gestimmt.
Klar war er. Einfach. Nichts
Überflüssiges. Der See
Warf in ihn Wogen Lichts.
Ich war allein. Kein zweiter
Betrat den Raum. So bleiben
Hätte ich mögen eine lange Zeit.
Ich wußte: hier begänne ich zu schreiben,
Von mir und von der Welt befreit.
Ich würde Quader setzen aus den Worten:
Weiß gegen Schwarz. Schwarz gegen Rot.

Man bleibt nicht an vollkommnen Orten.
Und schreibt aus Zwang und in der Not.

Trauer nach Süden

Der Absturz ist schrecklich: vom blauen Süden
In dieses gelbe und graue Land.
Ich kann und kann nicht wiederfinden,
Was ich doch früher zu Hause fand.

Ich liebe die Lieder, die südlichen Lieder,
In denen es nur um das *eine* geht.
Ich möchte leben beim Oleander,
Der dort vor jeder Hausschwelle steht

Und der noch auf den neuen Balkonen
Der Hochhäuser in der Heimat ist.
Nur daß mich Deutsche im blauen Süden
Nicht einer braucht und keiner vermißt.

Soll ich gehen, soll ich nicht?
Ein paar Tage südwärts fliegen,
Unterm makedonschen Licht
Ohne meinen Schatten liegen?

Wird es mir noch mal gelingen,
Deutsche Häute abzustreifen
Und beim *Kolo* mitzusingen,
Ohne etwas zu begreifen?

Wenn ich in den Spiegel spähe,
Sage ich mir: laß es bleiben!
Schließlich kannst du aus der Nähe
Dichtend in die Ferne treiben.

Du hast alles schon genossen
Und gesehen und geliebt.
Deine Jugend ist verflossen.
Wohl dem, der sich drein ergibt.

Wie ich so vernünftig denke
Und bewußt Entschlüsse fasse,
Tauche ich in meine Schränke
Und probiere, ob er passe,

Den verwegen roten Rock,
Den ich letztes Jahr getragen.
Und ich denke: mit dem Stock
Sollte man dich Alte schlagen.

Plötzlich flattert Freude auf,
Tastet mit dem Falterfühler:
Wer nicht fliegen kann, der lauf!
In den Morgen, den ein kühler,
Silberweißer Wind durchsirrt,
Der vom Waag-Fluß kommt. Zur Nacht
Warn wir im Geruch verirrt,
Den das Gras beim Welken macht.
Ach man hat das Gras gehauen
Und den Juni angefangen!
Und noch hatten wir dem blauen
Mai nicht richtig angehangen.
Hinterher! Wer lehrt uns fliegen?
Freude wie ein Falterflügel!
Bergwärts und noch einmal liegen
Herzbestürzt am Frühlingshügel.

Gegen der Sonne über.
Bei Odermennig und Mohn.
Bei Rotklee, bei Weißklee. Und drüber
Der Nachtigallen Ton.

An solch einem blauen Morgen
In Moravani zu sein!
Für nichts als ein Gärtchen zu sorgen:
Sieben Handtücher klein.
Und Hühner haben und einen
Weiß marmorierten Hahn
Und wissen: ich habe keinen
Schritt von dem Wege getan,
Den *Gott* mir vorgeschrieben,
Als er mich leben rief ...
So wird er mich *ewig* lieben,
Wenn meine Zeit ablief ...
Indessen Kirschbäume pflanzen.
Mit den Früchten zu Markte ziehn
Und feiertags singen und tanzen:
Das freut und lobet ihn!

O Einfalt des Reisigrauches,
Der abends das Dorf durchzieht.
Waschblau des alten Gebrauches.
Auf Spindeln gedrehtes Lied.

Und auf dem Hügel liegen,
Geliebt, bepflanzt und beweint –
Über siebzig hölzerne Stiegen,
Wo früher die Sonne scheint

Als im Dorf – die ehrbaren Toten:
Manželka Amalia und *er*,
Und *sein* Wald sendet fliegende Boten,
Tannsämlinge, zu ihm her.

Der Horizont ist umfangen
Von Bergen. Ein reiner Kreis
Aus durchsichtig blauen Volangen,
Wenn es Mittag ist. Dunstig und heiß.

Am Zaun ranken Feuerbohnen.
Bald kommt ihre rote Zeit.
Dann in Moravani zu wohnen!
Aber ich bin dann schon weit.

Neunundsiebzig Rosensträucher
Habe ich in meinem Garten.
Allerlei vertrackte Sorten:
Über-Unter-Nebenarten.

Nicht mal weiß ich, wie sie heißen.
Ich bin keine Gärtnerin.
Doch die Namenlosen reißen
Mich zum Namengeben hin.

Porzellanenweiße Schöne
Mit den morgenroten Rändern,
Rein wie erst gedachte Töne:
Nicht in südlich reichen Ländern

Habe ich dich je gekannt!
Erst mein träumerisches Mühen
Ließ aus unserm armen Sand
Morgenröte auferblühen.

Morgenröte sei der Name!
Sabah will ich sie benennen!
Neunundsiebzig Rosenseelen
Solln in meinen Namen brennen.

Strahlung

Die Leute meinen immer, Gedichte
Werden aus Worten gemacht
Und sind nichts weiter als Lebensberichte,
In Reim und Rhythmus gebracht.
Dabei sind Gedichte unsichtbare Wesen,
An die wir manchmal streifen.
Was wir mit unseren Augen lesen
Ist nicht mehr, als was wir begreifen
Von einem Rätsel, das Strahlung heißt
Und ewig bewegt ist in sich
Und das uns aus unseren Bahnen reißt
Und schleudert dich gegen mich.
Was sind schon Worte? Worte sind leicht.
Das Leichteste auf der Welt.
Und mit Worten allein hat noch keiner erreicht,
Daß die Zeit in den Raum einfällt
Und stehenbleibt und geht nicht mehr
Vor und nicht mehr zurück.
Gedichte sind Antimaterie. Schwer.
Monolithisch. Wie der Tod. Wie das Glück.

Schöne schöne Liebe. Im Juni der Rosen
Wer sagt nicht mehr jung
Heiß beieinander liegen
In der weißen Dämmerung.

So gibt es doch Glück. Wer hat
Es uns anders gesagt.
Der Beweis des Glücks findet statt
Zwischen dir und mir bis es tagt.

Wenn man Glück hat und Augen, kann man ihn sehn,
Den Vogelhahn mit der feurigen Brust.
All seine ziehende Sangeslust
Schmettert er aus in den schwankenden Höhn
Der Riesenkiefern am Seeabhang.
Er drillt sein ziependes I zum Gesang,
Schleifend und schwingend, mit idiesem Laut
Singt er Licht, bis der Himmel erblaut
Und leuchtet ihn aus, daß die Federbrust brennt
Und ihn als Flamme vom Kieferngrün trennt ...
Das Flämmlein züngelt weiter im Lied:
Es ist ein Morgen, an dem nichts geschieht.
Nur Licht in den Kiefern. In den Kronen schon Licht,
Während die Stämme noch Schatten umflicht.
Alles Land ringsum wird von Spechten vermessen,
Sie morsen Revier um Revier als besessen.
Und immer noch zieselt der Rotkehlchenhahn.
Doch plötzlich unterdröhnt ihn ein Schwan.
Ein einsamer Schwan fliegt über den See,
Gewaltig, orgelnd. Wie immer tuts weh,
Ihn zu sehn und zu hörn. – *Generalbaß* erklang,
Memento zu Rotkehlchens Lebensgesang.
Und weiter zieht es das Licht in sein Lied.

O Morgen April, an dem Es *geschieht*!

Südlich

Auf der einen Seite das Leben,
Wie es alltäglich geht: treppauf, treppab,
Am stehenden Zügel, im schleifenden Trab.
Mehr oder weniger doch schon ergeben.
Auf der andern Seite die Süchte
Nach südlichem Leben, festlich und leicht.
Ein Leben, das dem in Büchern gleicht:
Im Morgenlicht Rosen, im Mittaglicht Früchte,
Im Abendlicht Liebe, die sich entzündet
Und Nacht für Nacht ins Vergessen mündet.
O duftender Traum, von Erinnrung durchweht!
In der Jugend wars Hoffnung. Der Wind hat gedreht.
Doch zerweht er die Träume vom Leben nicht.
Sie leben ihr Leben im inneren Licht,
Das niemals in die Außenwelt dringt.
Es sei denn, daß einer das Leuchtende singt
Und überwindet das Leben,
Das alltäglich ächzt, und hebt ins Lied,
Wie südliche Freiheit ihn festlich durchzieht,
Gesetzen unergeben …

Wenn es denn sein müßte, würde ich gar
Drogen nehmen, nur um zu *dichten.*
Schwerer wird es mir Jahr um Jahr,
Mich auf den Stern des Gedichts auszurichten,

Den Nordstern der dichtenden Meeresbezwinger,
Der sie in die Ferne die Fremde zieht.
An den Mastbaum gekettet, mehr Wächter als Singer,
Heulen sie gegen den Meerwind ihr Lied.

Und nur das ist die Wahrheit: nur unter Zwang,
Und nicht, um ein flüchtiges Mütchen zu kühlen,
Wird aus dem Urlaut aufs neue Gesang:
Wenn wir den Tod und die Freiheit fühlen.

Ich fühle sie und fühle noch Lust
Und brauch keine Drogen, um Land zu verkünden:
Ich sehe im rosigen Morgendust
Reine Ströme in friedliche Weltmeere münden.

Die reine Wahrheit. Nichts als die Wahrheit.
Nichts als die Wahrheit reden, heißt schweigen.
Spricht man sie aus, wird zu jedem Satz,
Sowie man ihn sagt, sich ein Gegensatz zeigen.
Erinnern – Vergessen, Lieben und Hassen,
Freiheit und Zwang. Die Feindlichen lassen
Sich wahr nur mit einem Atemzug fassen,
Weil Leben vergeht und alles sich wandelt.
Und doch ist im Recht, wer redet und handelt
Und das Risiko des Irrtums nicht scheut.
Die reine Wahrheit: die Wahrheit von heut.

Einsicht

Als ich zwanzig war und Leben mir schwer,
Da dachte ich, es wird leichter werden.
Mit dem Alter kommt auch Weisheit her.
Einsichtig heiter auf ebener Erden
Werde ich wandeln, wenn Zweifel sich lösen
Und reinlich sich scheidet das Gute vom Bösen.
Und nun? Nun bin ich schon fünfzig Jahr,
Und Leben ist schwer, wies mit zwanzig nicht war.

Ja doch

Für Hans Marquardt

Mitteilungen habe ich keine zu machen
Denn allbekannte: das Leben vergeht.
Doch gibt es dagegen versöhnende Sachen:
Daß Mai ist und abends die Sonne steht
Rot überm Fluß und die Möwen kreisen
Spiegelnd ihr Bild weiß mit Ringen ein ...
Das Ganze soll überhaupt nichts beweisen.
Nur: angenehm ist es, am Leben zu sein
Und das Gerede vom Tod zu vergessen:
»Fünfundsiebzig zu fünfzig – das steht drei zu zwei.
Sie sind fünfzig? Auch Ihnen wird Zeit schon bemessen!«
Ich hör nicht und spiele die Heitereitei
Und bin entschlossen: Ja doch! zu sagen.
Ja doch! und: Wenn schon! mein Leben vergeht ...
Nur soll es geschehen in friedlichen Tagen,
Damit man mein letztes Wort auch versteht
Und kann es bewahren. Seis im Gedächtnis.
Sei es geschrieben als Spruch an der Wand.
Die Liebe zum Leben ist mein Vermächtnis.
(Hab ich seinen Sinn auch nur ahnend erkannt.)

Heliotrop

Der Tag des Heliotrop kam,
Wie immer die Tage des Glücks,
Unerwartet und mit des Segens Gewalt.
Die magische Blume aus den Gärten der Jugend,
Ich fand sie endlich und nun da ich alt.
Ihr Duft war zu mir aus Büchern gestiegen.
Ihre Farbe wurde von Dichtern vergleichend genannt.
Frauen trugen heliotropfarbene Kleider.
Und die Erinnrung der Liebe
Blieb in den Duft ihrer Blüte gebannt.
Und immer hatte ich nach ihr gesucht
Und in Gärtnerbüchern nach ihr gelesen.
Doch war sie wie von Vergessen verflucht.
Als wäre sie nie und nirgend gewesen …
Das schmerzte mich. Jedes einzelne Mal,
Wenn Vorzeitengärten in Büchern vorkamen,
Traf mich ihr Name wie schuldhafte Qual.
Als setzte die Pflanze in mich ihre Samen,
Stichelnd ins innerste Erdreich der Brust,
So schlich sich der Schmerz ins Innerste hin.
Doch auch die Süße empfangender Lust.
Nur bildlos blieb sie ohne zeugenden Sinn.
Denn weder Farbe noch Form noch Duft
Warn in den Büchern der Dichter beschrieben.
Ihr Name nur war in der zärtlichen Luft
Vergangener Sommer stehengeblieben …
Und nun und nun und in diesem Jahr
Und an diesem Tag und im Belvedere,
Das sich die Weimarer Schöngeister schufen,
Wurde die Blume mir wirklich und wahr.

Fk. Dr. Balázs Istvánné m. 1529
Váll. 1 sz. tel.

Ein heutiger Gärtner hat sie gerufen
Und in Quartieren zum Blühen gebracht.
Und die Blüte duftete südlich und schwer,
Wie die eine Liebe der einzigen Nacht.
Tiefblau violett wie in Veilchenduft
Wie in Fliederduft Vanille gestreut.
So klangs in der klaren Augustmorgenluft.
Und jäh warn mir alle Sinne erneut
Und atemjagende Lust fiel mich an:
Meine Dichter hatten mich nicht betrogen!
Der Tag des Heliotrop begann.
Und wurde zur Nacht als Liebe vollzogen.

Im innersten Innern bedarf ich wohl sehr
Der Rechtfertigung für mein leichteres Leben.
Ich lebe leicht. Schwer
Leben andre. Ich bin nicht gezwungen, auf Arbeit zu gehen.
Ich diene nur meiner eigenen Pflicht.
Drum schreibe ich Briefe, bemüht zu verstehen.
Als Ausgleich für das verspielte Gedicht,
Das keinen Zweck hat, als leichthin zu glänzen.
Denn wenn irgendwas, ist Schönheit bezweckt.
Verwendbarkeit als Lebenssentenzen,
Wird meinen Versen erst anentdeckt,
Wenn wer sie liest und sucht eine Richtung,
(Und seis ein Irrlicht, das hoffen läßt).
Aber für mich war Leibseeleverdichtung
Ins spielende Wort ein sinnliches Fest,
Nur eine andere Art der Liebe,
Körperlose, von Paarung befreit ...
Damit ich immer was Sinnvolles triebe
Und rechtfertige mich vor der fordernden Zeit,
Schreibe ich Briefe und müh mich zu helfen,
Schleppe der Menschen alltägliche Last.

Aber verschwistert bin ich den Elfen,
Wenn mich die Sanglust der Nymphen erfaßt.

Die ideale Kulisse für Liebe:
Jasmin. Die Nacht ist licht und besternt.
Mittsommermittnacht. Gewölk im Azure.
(Rosen). Sie hat zu viel von der Liebe gelernt,
Um in der Kulisse noch Liebe zu spielen.
Sie ist zu alt für das Jugendstück.
Selbst wenn die Sterne vom Himmel fielen,
Brächten sie nicht jenen Zauber zurück,
Der Täuschung voraussetzt: Nichtwissen ist Lieben.
Ahnung von etwas, das ahnbar scheint,
Weil Dichter Flüchtiges *dauernd* beschrieben
Und so, als wäre Verheißung gemeint …
O wunderbares *scenario* der Liebe:
Jasmin und die lichte, die duftende Nacht.
Lautlos klagt sie (stumm heulende Trauer),
Wie die Erfahrung armselig macht.

Stillhalten. Sich um nichts bemühen.
Nicht um Reisen und Ruhm, nicht um Liebe und Geld.
Es kommt, was soll. Zu frühen
Ruhm soll man fürchten. In unserer Welt
Ist nichts ohne Preis des Verzichtes zu haben.
Die lange entbehrten sind entbehrliche Gaben.
Ist man alt genug, schätzt man hoch, was man hat:
Einen Sonnenmorgen im frühen April.
An der Birke das erste knospende Blatt.
Und die Freiheit zu sagen: ich will,
Ich will nicht. Niemand kann mich zwingen,
Um Geld oder Ruhm mein Lied zu singen,
Wenn ich beides nicht brauche. Ich kann drauf verzichten,
Daß man mich kennt. Ich kann heimlich dichten.
Und immer ist da, wo ich bin, die Welt.

Jedan dan

Für Izet Sarajlić

In Sarajevo, der *Liebesstadt*,
Der Stadt, die ich liebe, in der ich liebe,
(Was längst Vergangenheitsform für mich hat),
Hörte ich einmal ein kleines Gedicht,
Das ich ums Leben gern schriebe,
Geschrieben hätte, wäre es nicht
Längst schon geschrieben.
Es ging um Vergängnis, Leben und Lieben.
Ich habe es auf Serbisch gehört.
Freund Izet hatte es übersetzt
Aus dem Türkischen. Die Seele verletzt
Hat es mir dennoch. Der türkische Dichter –
Seinen Namen habe ich sträflich vergessen –
Buchhändler war er, berühmter, Richter
Der Zeit, die sein Leben umgab,
Das alternde Leben des gramvollen Zechers –
Doch liebten ihn viele. Die Jugend vor allem
Verehrte den trunknen Verehrer des Bechers ...
Nicht, weil es antimoslemisch war,
Den Weingeist zu schätzen.
Sie liebte vielmehr den Übermut,
Mit dem der Alte in ätzenden Sätzen
Den Machtmißbrauch schmähte ...
Ich aber hörte von ihm ein Gedicht,
Darin er besang, was auf Erden gut
Und einfach schön ist: Gras, Luft und Stein.
Und immer sagte er: eins ist das Beste.
Das Schönste von dreien kann eines nur sein ...
So ging es dahin, sein getragnes Gedicht –
Auf Serbisch, von Izet – wie epische Mär.

Und klang so sangvoll sagenvoll schwer,
Und war am Ende der Erde gleich schlicht
Und einfach wie Gras und Wolke und Stein.
So endete das ersehnte Gedicht:
Eines Tags (jedan dan) wird der Tod (smrt) das Schönste sein.
Jedan dan – smrt je nailepša ...
Die magischen Worte sind in mir geblieben.
Und ich wünschte bei meinem endlichen Leben
Ich hätte diese Worte geschrieben.

Rovigno

Fibröses Befinden. Unruhe. Mond.
Mond im September. Der Abend ist weiß.
Von greller Helle.
Mich quält meine Seele.
Sie will sich ergießen in Worten. Heiß
Und kalt und klar wie das Licht.
Doch ohne Begriffe bleibt das Gedicht.
Nur Schluchzen und Schütteln. Sternwind weht.
Mond im September. Das Leben vergeht.

All meine Liebschaften waren,
Die Wahrheit zu sagen, wenig erfreulich.
Warn Selbsthypnose als Heilverfahren.
Im Ablauf der Szenen lehrbuchgetreulich.
Das sag ich im Nachhinein, aus Distanz
Von Jahren, Jahrzehnten. Damals war
Liebe für mich *die* Lebenssubstanz,
Kern einer Frucht, den man sprengen muß.
Ich heiligte im Geheimen ein Jahr
Für einen sündigen nächtlichen Kuß.
Und lang bewahrt ich Erinnerung
Zärtlich an Flüchtige, die ich einst kannte.
Nun aber, weise geworden, unjung,
Ins Abseits des Lebens ergeben Verbannte,
Seh ich, daß sie nur Sinnbilder waren,
Symbolfiguren für Jugend und Glück.
Ich sollte an ihnen mich selber erfahren
Und sehne mir keinen mehr keinen zurück.

Zwei Tage noch und die Linde belaubt sich.
Drei Tage noch und der Flieder wird blühn.
Und wäre man jung, so fände man einen
Und würde blind sein an ihm und glühn.
So aber sagt man: die Linde belaubt sich.
Drei Tage noch und der Flieder erblaut.
Als wärs eine Weisheit. Ist aber nur Rede.
Und wird einem eng in der alternden Haut.

Mitleid – das ist die stärkere Liebe.
Erbarmen ist es, das uns erhält.
Wenn uns nur Sinnesentzückung triebe,
Wir wären verloren, denn jeder verfällt
Immer wieder der Jugend. So sind wir verwiesen
Auf Güte und Mitleid, um immerzulieben.
Nicht jene und jenen, nein diese und diesen.
Daß, der mich jung liebte, mich weiter werthält,
Dazu braucht es Großmut und heiteren Sinn
Und Einsicht ins Leben als Leben zum Ende.
Gefaßt gehn wir Alternden lächelnd dahin
Und halten in eins unsre welkenden Hände.

Beschwerde über das Verstummen der Brunnen

von Piešťany im Mai 1980

Die Brunnen springen nicht dieses Jahr.
Die Vögel können aus ihnen nicht trinken.
Was immer der Grund des Versiegens war,
Vielleicht, daß man Stromkraft am Wasser spar –
Denn daß die Wasser steigen und sinken,
Dazu braucht es energetische Kraft –
Der heitre Maitag ist stumm und erschlafft,
Und nicht nur Meisen, Amseln und Finken
Und türkische Täuber sind drum verlegen,
Die sich sonst labend am Wasser erregen,
Die Federn feuchten, die Kehlen kühlen –
Auch wir sind enttäuscht in unsren Gefühlen.
Denn wenn die wechselnden Wasser rinnen,
Läßt sich so gut übers Leben sinnen,
Und einverständig mit unserem Leben,
Mit all seinem Steigen, Fallen und Heben
Im Hingang zu unseren schwindenden Zielen,
Warn wir im Mai, wenn die Wasser spielen
Um einen Drehpunkt aus reinem Nichts
Vor ihrem Fall in die fließende Zeit.

Und sahen auf die Beugung des Lichts
Im raunenden Brunnen mit Heiterkeit.

Frieden

Ich schlafe mit dir. Du schläfst mit mir.
Wir schlafen mitnander. Kindliches Wort.
Frieden: kein Wildern in fremdem Revier.
Ich nur mit dir. Du nur mit mir.
Die Welt ist ein bewohnbarer Ort.

Des Purpurmohnes Blütenstaub:
Schwarz. Tod aus Schlaf. Aus Lust: Vergehen.
Zur Nacht fiel aus dem Flammenlaub
Der roten Blüte schwarzer Staub.
Und um die Blüte wars geschehen.

So liebten wir. Nur eine Nacht,
Weißt du es noch, war uns gegeben.
Wir nanntens Schicksal. Keine Macht
Half uns dagegen, eine Nacht
Mußte genügen für ein Leben.

Des roten Mohnes schwarzer Staub
Wie Tod aus Schlaf, aus Lust Vergehen.
Zur Nacht fiel aus dem Flammenlaub
Der Purpurblüte Todesstaub.
Und um die Blüte wars geschehen.

Ich will mich versuchen im Sehen des Blinden
Vermittels Gefühl, Geruch und Gehör.
Weil meine Sehkräfte sichtbarlich schwinden,
Frag ich mich: wenn ich sie wirklich verlör?
Was würde mir bleiben von sichtbaren Dingen?
Was wär meiner Seele für immer bekannt?
Daß, wenn die Amseln im Kühleren singen,
Es abendlich wird überm stilleren Land?
Und daß die Sonne die Wasser rötet,
Wenn Wasser da sind, ein Fluß, der fließt –
Die Wellchen von Schifflein aus Licht bebötet,
Ein Lichtschwalbenschwarm, der in Strudeln hinschießt
Und steht auf der Stelle. Es ist ja nichts weiter,
Ein gaukelndes Licht- Wind- und Wassergesicht:
Die flüchtige Schönheit, Vergänglichkeit heiter,
Bis daß die Sonne hinwegführt ihr Licht …
Das würde ich sehen und sehen die Eichen,
Die in der Kindzeit am Feldweg gerauscht.
Und jenen Jüngling, den nächtlichen, bleichen,
Mit dem ich einst meine Seele getauscht.

Mein Gott, mein Gott, das Leben geht,
Der Juni und die Jugend gehen.
Wenn man auch manches fast versteht,
Das wird man niemals ganz verstehen.

Wieder noch einmal ist Juni geworden.
Wieder noch einmal solch eine Nacht.
Halbhelle Nacht im halbhohen Norden.
Wieder noch einmal zur Liebe erwacht.

Wieder noch einmal das sichere Wissen:
Es gibt keine höhere Weisheit als Glück.
In einem Atem zur Lust hingerissen.
Das Leben bäumt auf. Der Tod fällt zurück.

Gesegneter Juni mit seinen Jasminen,
Holundern, Rosen und all ihrem Duft.
Wie winterlich alt wir uns eben noch schienen.
Und nun diese Juninacht! Lenzjunge Luft.

Meine sanfte Wiese, von Enten wild überflogen,
Von Disteln umwuchert, von Nesseln besetzt,
Mäandrisch vom sandigen Bächlein durchzogen,
Das sommers sanfte Gesichter netzt
Dem Ehrenpreis, der am Wasser siedelt,
Blau blau, Vergißmeinnichte so blau!
Auf andere Art: wie die Heuschrecke fiedelt.
Auf andere Art: wie die Beeren aus Tau,
Die flüchtigen Küglein, dem Gras angehangen,
Sie spiegeln das liebliche Morgenlicht,
Einen Atem lang, eh sie zu beben anfangen
Und sanft vergehn am eignen Gewicht.

Der Nachtgeruch von Buchsbaum,
Der sengende südliche Duft,
Verflüchtigt sich in der Frühe,
Ebbt nur noch nach in der Luft,
Die sich erwärmt. Der schwüle
Wie Weihrauch schwelende Duft
Wird deutlich nur in der Kühle
Vom Nachtwind gefegter Luft.
So kennen ihn nur, die sich lieben.
Die durch die Nacht hingehn.
Vom Buchsduft zur Liebe getrieben.
Und wissen nicht, wie es geschehn.

Je mehr ich schon sagte, desto weniger bleibt mir zu sagen.
Die Menge des Sagbaren ist *doch* begrenzt.
Oder nur so etwas noch: daß in den ersten Märztagen
Der Vorflutgraben erglänzt,
Der die Wiese durchsichelt im Lichte.
Die hohen Böschungen gilben noch gries.
Doch moosgrün am Grunde das dichte,
Das immergrünende Vlies
Der Wasserkräutlein. Lichtläuse,
Stäuben dran Mücklein hin.
Lichtblau ein Schneckengehäuse
Liegt leer, erfüllt mit Sinn
Als Trinkhorn des märzlichen Lichtes,
Als Kehle dem märzlichen Wind.
Mit dem der Sinn des Gedichtes
Endet und beginnt –

Nachts, wenn die Slowaken singen
In dem Zufluchtsort der Lahmen,
Die aus aller Welt herkamen,
Um das Leiden zu bezwingen,

Nachts, wenn die Slowaken singen
Und mit Stampfen und mit Tanzen
Die Standarte Lust aufpflanzen
Und dem Weingott Opfer bringen,

Nachts, wenn die Slowaken singen
Und wir anderen nicht schlafen,
(Selbst das Abzählen von Schafen
Kann den Schlaf nicht näher bringen),

Nachts, wenn die Slowaken singen,
Muß man sich darein ergeben
Und sich freun an ihrem Leben
Und nicht laut auf Ruhe dringen,

Nachts, wenn die Slowaken singen
Und die Erdachse verschieben,
Wie sie tanzen, muß man lieben.
Nachts, wenn die Slowaken singen.

Die Wege hab ich mit Spuren bestickt.
Die Landschaft mit Gedichten durchstichelt.
Auf alles hab ich mit Augen geblickt.
Wie die Mäherin Gras hab ich Worte gesichelt.
Im Tau der Frühe sanken sie hin,
Noch eben beim Leben, schon Duft von Vergehen.
Der Gräser Vergängnis, der Worte Beginn,
So immer wieder wird auferstehen
Das Grün der Gräser, das Kieferngrün,
Das Grün der Erlen, das Grün der Tannen.
Doch nur durch Glücksrausch, niemals Bemühn,
Geschiehts, den Duft in Worte zu bannen,
Der welkendem Gras in Schwaden entsteigt.
Der grüne Atem aus brünstigem Leben,
Vom Mittagsschrillen der Grillen durchgeigt,
Läßt Himmel und Erde in Lüsten erbeben.

Wie schön die Birken gestreut sind ins Grün!
Die Wiese wandelt sich mählich in Wald.
Entkommt dem lässigen menschlichen Mühn,
Das den Nutzen nicht achtet.
                                        Bergung den Kühn,
Die hier Weide noch finden, sind die Bäume zumal.
Die Rinder ziehen nächtlich durchs Tal,
Durchrauschen wie Regen die Gräser im Tau,
Und Gründunst von Nesseln entwogt wild der Au,
Gestampft von der Woge walmenden Rinds.
Gepeitscht vom Weidenbesen des Winds,
Stößt der Geruch von Pflanze und Tier
Als sengender Strom in die Milde der Nacht …
Im mondhellen Nebel da dort und hier
Ruhende Rinder, von Birken bewacht

Das Regengeräusch meine Seele.
Septemberregen sonderlich geht
Sacht grün: Ein Knistern von seidenen Flügeln,
Aus denen dennoch kein Flug entsteht.
Bei offenem Fenster, geschlossenen Auges
Nur mit dem lauschenden Sinn erlebt:
Milliarden Libellen im Garten.
Das dringt in den Schlaf und die Seele erbebt.

Rot

Des Blutahorns Blätter im Mai
(Vorwurf den Rosen, die noch nicht blühen)
Schlagen die Bläue entzwei
Und lassen die Himmel erglühen.

Schmetternder Zweiklang. Gellend. C-Dur.
Das Auge allein kann den Wohllaut nicht fassen.
Im Tränenschlunde und stockend nur
Der Atem kann ihn hinabröcheln lassen

Ins All des Lebens. Sauerstoff Glück
Durchpulst unser Blut. Lust schlägt zurück
Und Jugend Jugend die lange vorbei ...
Rotroter Ahorn im blühenden Mai.

Über den Bäumen zu wohnen
Und in die Kastanienkronen zu sehn,
Die mailich üppig in Blüte stehn
Und weiß ihre Spindeln im Morgenwind drehn,
Und Tauben durchgurren die Kronen
Der gleißenden Bäume, dunkel im Duft,
Und sphärisch erfrischt ist die Frühmorgenluft,
Und schön wird der Tag wie der Schwalbenflug,
Der schon Bögen aus Lust in die Bläue schlug,
So hoch, daß der Nachblick an Blendung zerbricht
Und ertrinkt im rieselnden Wasser aus Licht

Gib, Gib!
Sprache, du Sphinx, spei die Worte aus!
Rätselnd und dunkel. Dämonenworte.
Spiegelnd und glatt. Eisgischtend kraus
Aus felsiger Quelle. Laß stürzen, laß brennen!
Wenn Worte wollen, brennt auch das Eis.
Laß mich in Worten die Wahrheit erkennen,
Die meine Seele lange schon weiß:
Das Leben ist diese Alte in Sorgen,
Die einsam am Platz in der Sonne saß.
Den Kopf in die Hände gestützt, das Antlitz verborgen.
Ob sie erinnerte oder vergaß –
Es war eine Trauer, war herzzerreißend.
Die Sonne begleißte ihr steinweißes Haar.
Und um sie lustvolle Kindelein kreisend,
Berauscht vom Tag, der schon Abend war.
Fremde Kinder, die die einsame Alte nicht sahen.
Und sie sah die leuchtenden Kinder nicht.
Beginn und Vergehn, die geschieden geschahen.
Und waren doch eins im glorreichen Licht.

Du liebes Grün, Brennesselgrün.
Die Nesseln grün am schwülen Tag,
Wuchernd wie sie den Weg umblühn,
Der hinterm alten Friedhof lag …
Links seine rote Backsteinmauer
Und rechts der schwarze Plankenzaun
Des Siechenstifts. Da hauste Trauer:
Ärmliche graue Witwenfraun.
Und schwarze Schnecken auf dem Wege.
Und Schöllkraut blühte schwefelicht.
Und von Holunder ein Gehege,
In das sich blauer Flieder flicht.
Und das Geheimnis Einsamkeit:
So klein und da allein zu gehn.
Und eine lange kurze Zeit
Allein in all dem Grün zu stehn.
Hoch überwölbt. Am Grund des Schlunds.
Der schmale Weg schloß oben zu.
Das war der Tag des ersten Bunds:
Ich und die Welt auf du und du
Im grünen Arm der Einsamkeit,
Vom Nesselatem angehaucht.
Am Wegesausgang stand die Zeit.
Das Kind ist anders aufgetaucht,
Als da es einging unbewußt
Ziellos und spielend diesen Gang …
Groß war die Angst und groß die Lust.
Einmal. Und dann ein Leben lang.

Traum III

Ich träume Liebe. Liebe träumt nicht mich.
Niemandes Liebe träumt von mir.
Im Traum lehnt Leib an Leib. Das heiße Tier,
Die Lust, erwacht und schlängelt sich
Zu jenem Unerkannten hin.
Und Freude leidend weint die Seele,
Weil er er fühlt, daß ich es bin
Und daß ich ihm seit immer fehle.
Und solche Seligkeit ist das!
So stark war Liebe nie im Leben.
Und doch gewußt, es muß sie geben:
Liebe so abgrundtief wie Haß.

Und nun da alles nicht mehr wird
Und mich nur noch im Traum beirrt.

So viel weiße Seerosen wie dieses Jahr
Hat der Waldsee noch niemals gesehen.
In der blühenden Brandung ein Wildentenpaar
Zu hören ist nicht zu sehen
Im schäumenden Weiß. Der Sommer querrt
Eintönig mit ihren Stimmen.
Der Tag ist schon früh so von Hitze verzerrt,
Daß nur hilft: ins Wasser und schwimmen
Durchs Rosengeschlinge, die Todesgefahr
Unsrer ängstlichen Kindheit: es reißt euch hinab!
Ich treibe im Kühlen kühl Sonne im Haar …
Wie schön, wenn es jetzt wär, von Rosen dies Grab

Eine wiegt die andre Woge,
Und ein Herbes bindet beide
Und durchweht die Uferweide
Überm dunklen Wurzelsoge.

Ach wie silbern es da säuselt,
Ach es ist ein Mondeswehen
In dem Wasser, das sich kräuselt –
Aber keiner hats gesehen

Der Espenwind, der heute weht,
Klirrt in den Erlenwipfeln,
Wie wenn er gegen Weißblech geht.
Der See kirrlt auf den Gipfeln
Des Schattenbergs, der mittsees treibt,
Vom Saum der Bäume ausgelegt.
Wie treidelnd auch die Welle reibt,
Der Schattenberg bleibt unbewegt,
Den kühl das schräge Morgenlicht
Weit in den See geworfen hat
Bis, wo er sich der Bucht entflicht,
Der Düsternis von Busch und Blatt …
So wie vorm Abendhorizont
Schattenschwarz starrt der Berg aus Schnee,
Steht scharf vom Morgenlicht besonnt,
Der Waldberg schattenschwarz im See,
Umflirrt vom weißen Espenwind,
Der in den Erlen klirrend treibt …
Ach, wenn der Tag so frisch beginnt,
Mag sein, daß er auch freudig bleibt …

Immer bleibt der Einlaß geheim
Zu diesem dunklen verwunschenen Garten,
In dem mich Worte der Stille erwarten:
Kräutlein, die süß sind von Honigseim,
Und Nesselworte mit sengendem Duft.
Wie sehn ich mich nach der betäubenden Luft
Jenes Gartens, der sich verschließt und entschwindet
Bei jeder Bewegung, die gegen mich geht,
Und den außer mir kein anderer findet,
Weil er nur in mir und selten entsteht
Jäh als ein Duftstoß alles verschlingend:
Leben das bitter war, heillose Zeit ...
Wieder ist Morgen! Ich breche singend
Tränendes Herz und weiß nichts von Leid.

Spielerisch entstand die Idee dieses Buches.

1988 im April waren Erwin Strittmatter und ich in Budapest und sahen wieder einmal die vielen Farbskizzen an, die unsere Freundin Marianne Gábor im Lauf der Jahre gemacht hat. Einige hundert von ihnen waren zu jener Zeit in der alten Synagoge von Szonolk zu sehn, die, ganz Weiß, Stein und Stille, nach der Rekonstruktion Ausstellungshalle geworden war. In Licht- und Raumfreiheit hingen Mariannes Bilder dort als an dem ihnen zustehenden Ort, hingen in *Fülle*. Aber zu Hause bei ihr in Budapest war noch vieles zurückgeblieben. Damals, an einem enthusiastischen Abend, sagte ich für mich selbst überraschend, (weil ich vorher immer gegen illustrierte Gedichtbände war): Von den Skizzen, Marianne, könnte man was zusammentun mit Gedichten ... Marianne, die überhaupt nicht hinzuhören schien, da sie wie immer Geschichten zu ihren Skizzen erzählte und nebenbei ihre Wirkung auf uns beobachtete, Marianne hatte meinen Satz keineswegs überhört und fragte am Telefon in den folgenden Monaten immer wieder: Was ist mit unserem Buch?

Aus der *spielerischen Idee* wurde etwas Festes. Als die Blätter bei uns in Schulzenhof lagen, ausgebreitet über Tische und Bänke, als ich tagelang an ihnen vorbeiging, stehenblieb, wieder und wieder drauf schaute, machten sich allmählich die Bilder deutlich, die hinein wollten ins Buch. Am stärksten riefen Mariannes Südbilder mich an. Sie war ja oft und oft in Italien gewesen, ich nie, *mein* Süden war Jugoslawien, ist Makedonien, Grenze zu Griechenland, – die Südbilder, auf denen Licht, Meer und Sonne zu ahnen sind und schattige Häuser in gleißenden Städten – alle die Blätter, auf denen die Substanz der Dinge verflüchtigt, verdampft ist – sie liebe ich *allermeist*. Einige Skizzen sind dabei, über deren Bild-Umsetzungen ich geschrieben hatte zu Mariannes Ausstellung 1980 in Berlin –

die gelbe Frau mit dem gelben Hut vorm Über-Blau des südlichen Meeres – all diese Einsamkeit rief mich damals so an …

Nun zeigte sich, daß Mariannes Skizzen die Auswahl meiner Gedichte bestimmten. Sie sollten ebenso *leicht* sein, das Leben im *Anriß* nur geben, keinerlei Qualen, keine Konflikte, nichts Finstres, nichts Arges, Licht sollte sein, Heiterkeit, Freude. Wenn möglich, sollten die Verse ebenso wirken wie Mariannes Extrakte von wirklicher Zeit, wirklichem Land, wirklichen Leuten. Alle bittre Lebenssubstanz sollte verflüchtigt sein zu in Raum-Zeit spielenden Worten …

Ich danke das Buch meiner Freundin Marianne.

Das Beste, was das Leben uns gibt, sind Menschen, die wir gewinnen.

Eva Strittmatter

ISBN 3-351-01637-9

1. Auflage 1990

Gesamtgestaltung Heinz Hellmis
Lichtsatz INTERDRUCK Graphischer Großbetrieb Leipzig III/18/97
Druck Messedruck Leipzig
Buchbinderische Verarbeitung Druckerei »Hermann Duncker«, Leipzig
Printed in the German Democratic Republic
Lizenznummer 301. 120
Bestellnummer 614 185 3